Dedo mindinho

Ana Maria Machado

Dedo mindinho

Elisabeth Teixeira
Ilustrações

global
editora

© **Ana Maria Machado**, 2021

2ª Edição, Moderna, São Paulo 2009
3ª Edição, Global Editora, São Paulo 2022
1ª Reimpressão, 2023

Jefferson L. Alves – diretor editorial
Flávio Samuel – gerente de produção
Tatiana Costa – coordenadora editorial
Jefferson Campos – assistente de produção
Juliana Tomasello – assistente editorial
Amanda Meneguete – revisão
Elisabeth Teixeira – ilustrações
Taís do Lago – diagramação
Danilo David – arte-final

Dados Internacionais de Catalogação na Publicação (CIP)
(Câmara Brasileira do Livro, SP, Brasil)

Machado, Ana Maria
   Dedo mindinho / Ana Maria Machado ; ilustrações Elisabeth
Teixeira. – 3. ed. – São Paulo : Global Editora, 2022.

   ISBN 978-65-5612-327-1

   1. Literatura infantojuvenil I. Teixeira, Elisabeth. II. Título.

22-115336   CDD-028.5

Índices para catálogo sistemático:

1. Literatura infantil   028.5
2. Literatura infantojuvenil   028.5

Cibele Maria Dias - Bibliotecária - CRB-8/9427

Obra atualizada conforme o
NOVO ACORDO ORTOGRÁFICO DA LÍNGUA PORTUGUESA

Global Editora e Distribuidora Ltda.
Rua Pirapitingui, 111 – Liberdade
CEP 01508-020 – São Paulo – SP
Tel.: (11) 3277-7999
e-mail: global@globaleditora.com.br

 globaleditora.com.br   @globaleditora

 /globaleditora   @globaleditora

 /globaleditora   /globaleditora

 blog.grupoeditorialglobal.com.br

Nº de Catálogo: **4515**

Dedo mindinho

Era uma vez uma avó que morava numa fazenda e gostava muito de fazer doces. Doce de leite, doce de coco, doce de ovo. Principalmente, doce de frutas. Goiaba em calda, geleia de morango, mamão verde fininho, uma gostosura. Mas o melhor de todos era um doce de abacaxi cristalizado.

Os netos dela adoravam. Especialmente o tal doce de abacaxi.

E já sabiam como a avó fazia: ela descascava o abacaxi, cortava em rodelas, cozinhava numa calda de açúcar, escorria bem, e depois...

Ah, bem, depois é que era o melhor: ela passava cada rodela em açúcar cristal e punha para secar num tabuleiro. Aí era só esperar que ela estivesse distraída e pronto! A criançada ia lá e comia uma porção de rodelas, nem deixava secar...

Um dia, o Vítor — que era o neto menorzinho dessa avó —
viu todos os preparativos dela para fazer doce de abacaxi
cristalizado, mas não viu, depois, o tal tabuleiro secando
na janela. E perguntou:

— Vovó, cadê o docinho que estava aqui?

— Está escondido, meu filho, para poder secar, ficar pronto
e todo mundo comer.

O Vítor não se conformou. Procura que procura, acabou vendo uma pontinha brilhante em cima do telhado. Subiu na goiabeira e descobriu: era o tabuleiro mesmo! E, como tinha um galho que passava sobre o telhado, foi só seguir, com toda segurança, aquele caminho de aventura. Num instante ele estava lá, se regalando com o doce.

Comeu, comeu. Quando viu, tinha acabado tudo.

"Xi... A vovó vai desconfiar que fui eu e vai ficar danada.

Preciso inventar uma história para ela...", pensou o Vítor.

Aí é que foi divertido. Porque sempre era a avó que contava histórias para o neto. E desta vez foi o contrário. Ele olhou em volta, viu um gato passeando em cima do telhado, viu lá embaixo

a marca da fogueira da festa de São João, foi vendo o galinheiro, o gado, o jardineiro regando a horta e inventou uma história muito bem-inventada. Saiu correndo e chamando:

— Vovó, acuda que o Mimi está roubando os doces de cima do telhado...

A avó veio depressa lá de dentro:

— Cadê, que eu não estou vendo?

— É que ele correu para se esconder numa moita ali, mas aí a moita começou a pegar fogo, e seu José jogou água para apagar, mas aí eu perdi a pista do Mimi, porque o boi que veio trazer o milho das galinhas queria beber a água do regador e eu me distraí vendo, nem vi pra onde o Mimi foi...

Pronto! Era uma história tão complicada que a avó não podia conferir. Ela não estava vendo o gato com os bigodes melados de doce, mas olhou em volta, viu a marca da fogueira, o capim molhado, os animais, deu um sorriso e disse:

— Não faz mal. Outro dia eu faço mais. Venha lanchar. Fiz uma gemada ótima pra você.

Vítor adorava gemada, mas quase não conseguiu comer, com a barriga tão cheia de doce. No fim, a avó tirou de um vidro e deu a ele uma rodela de abacaxi cristalizado, sequinha, deliciosa, a melhor que ele já tinha comido. Depois, pôs o menino no colo, segurou a mão dele e brincou:

— Dedo mindinho, seu-vizinho, pai de todos, fura-bolo, mata-piolho... Cadê o docinho que tava aqui?

— O gato comeu — respondeu ele.

— Cadê o gato?

— Fugiu pro mato.

— Cadê o mato?

— O fogo queimou.

— Cadê o fogo?

— A água apagou.

— Cadê a água?

— O boi bebeu.

— Cadê o boi?

— Tá carregando milho.

— Cadê o milho?

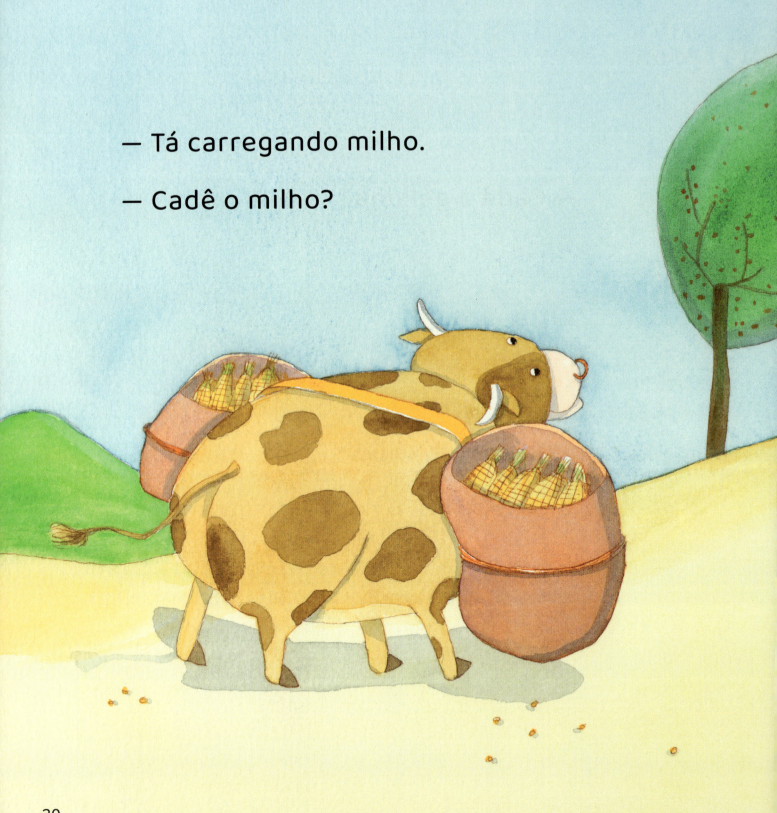

— A galinha comeu.

— Cadê a galinha?

— Tá botando ovo.

— O ovo, eu não preciso perguntar, porque eu sei que está na barriga do Vítor, virado gemada, junto com uma porção de abacaxi melado que estava em cima do telhado... — concluiu a avó, fazendo cócegas na barriga dele.

E deu uma gargalhada.

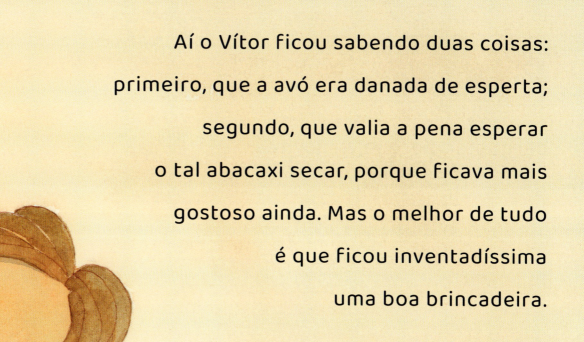

Aí o Vítor ficou sabendo duas coisas: primeiro, que a avó era danada de esperta; segundo, que valia a pena esperar o tal abacaxi secar, porque ficava mais gostoso ainda. Mas o melhor de tudo é que ficou inventadíssima uma boa brincadeira.

Brinque também: Dedo mindinho, seu-vizinho...

Elisabeth Teixeira

Elisabeth Teixeira formou-se em Desenho Industrial pela Escola de Belas Artes da Universidade Federal do Rio de Janeiro (UFRJ) e desde 1990 ilustra e escreve literatura para a infância. Já são mais de 130 livros publicados desde então. Por seu trabalho já recebeu prêmios importantes, como o Prêmio Jabuti, da Câmara Brasileira do Livro (CBL), de ilustração por três vezes, o Melhor para Criança, o Melhor Informativo e o selo Altamente Recomendável da Fundação Nacional do Livro Infantil e Juvenil (FNLIJ); o selo Cátedra Unesco em 2017; e o prêmio Conjunto de Ilustrações pela Associação de Escritores e Ilustradores de Literatura Infantil e Juvenil (AEILIJ) em 2018. Também participou de oficinas e mostras de ilustração, como a mostra de Sarmede, na Itália, a Bienal de Bratislava, na Eslováquia, e, no Brasil, a mostra Traçando Histórias da Feira do Livro de Porto Alegre.

Atualmente ela vive na cidade do Rio de Janeiro. Conheça melhor seu trabalho:

Site <www.elisabethteixeira.blogspot.com>

Instagram @elisabethteixeira.imagem

Ana Maria Machado

Considerada uma das mais completas e versáteis autoras brasileiras, **Ana Maria Machado** ocupa a cadeira número 1 da Academia Brasileira de Letras. Ganhou em 2001 o mais importante prêmio literário nacional – o Machado de Assis, outorgado pela ABL – pelo conjunto de sua obra como romancista, ensaísta e autora de livros infantojuvenis. Um ano antes, recebera do IBBY (International Board on Books for Young People) a Medalha Hans Christian Andersen, prêmio considerado o Nobel da Literatura Infantil, por ser a mais alta premiação internacional do gênero, conferida a cada dois anos a um escritor, pelo conjunto da obra.

Ana Maria Machado é carioca e começou sua carreira como pintora. Após se formar em Letras Neolatinas, fez pós-graduação na França, onde também lecionou na Sorbonne, em 1970-1971. Deu aulas na Universidade Federal do Rio de Janeiro (UFRJ) e na Universidade de Berkeley, nos Estados Unidos. Como jornalista, trabalhou no Brasil e no exterior. Publicou mais de cem títulos, tanto para adultos como para crianças. Seus livros venderam mais de 20 milhões de exemplares e têm sido objeto de numerosas teses universitárias – inclusive fora do país. Sua obra para crianças e jovens está traduzida e publicada em mais de vinte países e recebeu todos os principais prêmios no Brasil (incluindo três Jabutis) e alguns no exterior.

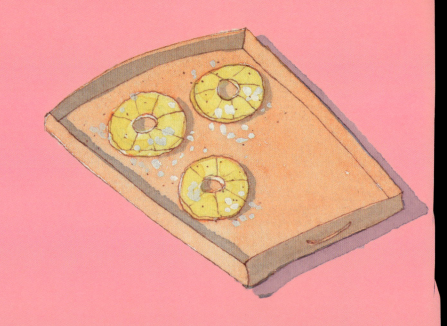